捨てられた僕と母猫と奇跡

船ヶ山哲

プレジデント社

「僕は一度死んだ。でも、目が覚めたら、億万長者になっていた」

この現実が、ほんとうなのか？　夢なのか？　今の僕には分からない。

なぜなら、それが僕の努力や頑張りだけではないということを知っているから。

ただ、ひとつ言えることがある。

僕の人生が大きく変わった裏側には、

一匹の猫が僕のそばにいたということ……。

この本では、僕の人生を救ってくれた猫の話をしていこうと思う。

捨てられた僕と母猫と奇跡

もくじ

ある日かかってきた
父からの一本の電話

今から十五年前、僕は、過度なストレスがきっかけで、うつ病を発症した。

当時、サラリーマンだった僕は、ある日を境に、ベッドから起き上がることができなくなった。

会社から支給されていた携帯電話の着信音が、幾度となく鳴り響いた。しかし、僕の体はピッタリとベッドにくっつき、大きな漬物石をのせられた気分だった。

その異変に気づいた会社の上司が、(無断欠勤を続ける)僕の自宅に様子を窺いにきた。

チャイムを押すも反応なし。ドアを叩くも誰も出てこない。

仕方なく帰ろうとした瞬間、新聞受けのなかから人の気配を感じた。


(何かが動いた。誰かいる)

ドンドンドンドン!

「船ヶ山くん、大丈夫か?」


ようやく誰かが叫ぶ声が耳に入ってきた。何が起きているのか分からない。

突然の出来事だったので、まさか自分がベッドから起き上がれないことにすら気づくことができない。

体は重だるく、手足を動かそうとしても、ビクともしない。音もハッキリ聞こえず、まるで水のなかにいるようだ。

上司はさらにドアを叩き、叫び続けた。

「おい大丈夫か？　いるなら返事してくれ」

このあと、どのように自分が病院に運ばれたかは、覚えていない。

この状況を冷静に判断した上司は、僕がしばらく会社に出勤できないことを察知し、休職届を出すよう命じた。

どのような手続きを行い、何をしたかを思い出すことはできないが、会社を正式に休職することだけは分かった。

毎日、寝るだけの生活。ご飯を食べることもできない。時間など関係なく起きて、気づいたら眠っていた。

今日が何曜日で、日付が何日なのかすら分からない。元々食べることも好きではなかったので、お腹が空くこともなかった。

たまに起き上がるのは、トイレのときだけ。何かを食べたり飲んだりせずとも、尿意と便意だけは体が反応した。

重たい体を無理やり起こし、床を這うようにして、トイレに向かった。用を済ませば、その場でバタンと倒れ、ベッドに戻るための気力回復を待った。

そんな生活を続けていると、今度は、眠ることができなくなっていった。目をつぶるも寝つくことができない。ただベッドに横たわるだけで、眠りに入ることができないのだ。

仕方なくテレビをつけた。これまで感じたことのないノイズが強い刺激となって、僕に襲いかかった。

「言葉にできない不快感」

即座にテレビを消した。なんとも言えない感覚だった。あれほど好きだったテレビを見ることができない。

それでも日は暮れ、次の日を迎える。無駄に時間だけが流れた。

そんな毎日を過ごしていると、何のために生きているのかが分からなくなった。

毎日、寝て起きるだけの生活。休職こそしていたが、それ以外は、誰かに迷惑をかけているわけではない。

いてもいなくてもいい存在だった。

「死のう」

いつの間にか死ぬことを考えるようになった。生きていても仕方ないし、誰かが困ることもない。

家族がいるわけでもないし、僕が消えたところで、悲しんでくれる人もいない。

そういったことを考えるのが、辛かった。もう終わりにしよう。

最期の準備を整え、死に向かうことを決めた。

手元に大量の薬を置き、鼓動の高まりを感じた。


「これで最期だ」


一気に薬を飲み始めた。途中まで飲みかけていた薬を瓶ごと丸呑みし、躊躇する気持ちに蓋をした。

ひと瓶を飲みきって、二つ目に差しかかる頃、着信音が鳴り響いた。

テュルルルル、テュルルルル、テュルルルル。

いつもは誰からもくることのない電話が、今日に限ってかかってきたのだ。

うるさくて集中できない。仕方なく出てみることにした。

「大丈夫？　困ってることはないか？」

親からの電話だった。何かを感じとったのか、いつもは電話をかけてくることのない父親が電話をかけてきた。

記憶の限りでは、生まれて初めての電話だった（あれから十五年経ったが、二度目の電話が鳴ることはない）。

そんな父からの電話にもかかわらず、なんとか声に出せない言葉を絞り出し、早々に電話を切った。

その瞬間、涙が溢れてきた。止めようと思えば思うほど、次から次へと、大粒の涙がこぼれ落ちてきたのだ。

気がついたら眠っていた。何時間眠り続けたかは、正直分からない。

目を覚まして分かったことは、僕の自殺計画は、「未遂」に終わったということだ。

心に傷を負った保護猫がそこにいた

だからといって、もう一度、自殺を計画するだけの気力は残っていなかった。**嫌でも生きるしかない。少し考えることにした。**いくらでも時間はあるのだ。

死ねないなら

↓　生きるしかない。

↓　このままというわけにはいかない。

↓　日常に戻るために何をする？

そこで、ここまで落ち込むこととなった原因に着目した。

一．家族とのいざこざ。

二．会社で起きた過剰ストレスとその蓄積。

三．当時飼っていた猫との別れ。

大きく分けて三つあった。

この問題に対して、どうしていくべきかを項目ごとに分けて考えていった。

一．家族の問題は、割りきるしかない。これ以上、考え続けても苦しむだけだ。

二．会社で起きた問題も今は休職しているので、ひとまず保留することにした。

三．同じ猫は難しくとも、似た猫を探せば気持ちは落ち着くのではないか。

一番と二番は、これ以上考えても時間の無駄になるので、三番にフォーカスした。

ひとまず心療内科に通うことで、落ち着きを取り戻していった僕は、以前飼っていた猫と似ている猫を探し始めた。

雑種だったため、ペットショップにはいなかった。そこで、猫カフェに行ってみることにした。ひとくちに雑種の猫といっても、それぞれ個性がある。似ている子が簡単に見つかるはずもない。最寄りの駅から行けるところは片っ端から潰した。

猫カフェに行けば行くほど、言いようのない虚しさだけが積み上がっていった。

仕方なくインターネットを使い、いろいろ検索するも、なかなか見つからない。根気のいる作業だ。

でも、諦めることはしなかった。飼っていた猫を自分で手放しておきながらおかしな話だが、誘拐された子供を探しているような感覚だった。暇を見つけては、インターネットでサーチを繰り返し、猫探しに奮闘した。SNSでのやり取りを含めたら、膨大な時間を費やしたが、なぜかここで諦めたら、自分は次に行けない気がしていた。

そんななか、あるホームページに辿り着いた。保護猫を紹介するサイトだった。たくさんの種類の猫が掲載されていた。さまざまな事情を抱えた数多くの猫が、そこにはいた。生まれて間もない子猫から大きく育った成猫はもちろん、怪我した猫や目の見えない子までいろいろだった。

そこにテコはいた。当時、サクラという名前で施設では呼ばれていた。

飼えるか不安だったが、ひとまず会いに行く（お見合いする）ことにした。

ここまでの道のりは、長かった。

ホームページを見つけても、すぐに連絡することができなかったのだ。うつ病の自分が猫を迎えても育てられるか不安だったし、ちゃんと面倒を見られる自信などなかったからだ。

しかし、そんなことは関係なく、ホームページを見るたびに「里親決定」という文字で埋まっていく。

猫に会う前に、まるで別れを宣告されるかのような感覚になった。

この葛藤が何日も続いたが、ある日、耐えきれずに施設に連絡した。


「猫を見に行ってもいいですか?」


快く受け入れてくれた。

今、思えば、うつ病をわずらい、酷い身なりをした僕をなんらためらうこともなく施設に招き入れ、猫を託してくれたのは、奇跡としか言いようがない。

それほど、当時の僕は、心も体も見た目もボロボロだった。

施設に足を踏み入れると、たくさんの猫がそこには保護され、楽しそうに遊んでいた。

その奥を見通すと、一匹だけ、部屋の隅に隠れ、ブルブル震えている猫がいた。

テコだ。名称の由来は、昔に飼っていた猫にあった。

当時飼っていた猫は、テトといい、宮崎駿氏が手掛けた作品「風の谷のナウシカ」に出てくるキツネリスから命名した。たまたまテトが来た晩に映画がテレビで放送され、見た目が似ていたことから名前を拝借することにした。テコの名前は、テ「ト」に似ている「コ」という意味合いからつけることにした。

当時のテコは、保護されるまで、人間の子供にいじめを受け、砂団子を食べさせられ、石を投げられた経験が、深い心の傷跡になっていたようだ。

理由を聞くと、三匹の子猫を抱える母猫だったため、子猫を置き去りにして自分だけ逃げるということができなかったという。

🐾

家族が安心して生活できる環境ではなかった。

だからといって、子猫三匹を抱えながら、遠くに引っ越すこともできない。

この場所であれば、一年は過ごしてきたし、悪ガキさえ注意しておけば、子猫たちを守っていける。餌は十分ではなかったけど、子猫の分は確保できる。最悪、あたしが我慢すればいい。可愛い子猫たち。あたしの宝物。あたしは何をされてもいい。でも、子猫たちだけは……。しかし今日もイジメっ子は、やってくる。

いつもの五人組だ。片手には木の棒を持ち、もう片手には大量の砂利。どんどん近づいてくる。体の震えが止まらない。

体を盾にし、防御することで精一杯で、逃げることができなかった。

そんな状況のなか、あたしたちは施設の人に保護された。

しかし、その施設でも馴染むことはできなかった。

保護されてすぐに、テコは子猫たちと、仲を引き裂かれることになった。子猫は、「里親募集」に出すと、すぐに里親が決まってしまうからだ。

生まれて一歳そこそこのテコは、体を張って三匹の子猫を守ってきたにもかかわらず、人間の都合で子猫たちと会えなくなってしまった。テコの心情を考えると、胸が引き裂かれる思いだが、自分にはどうすることもできなかった。

それでもテコは母猫だったということもあり、母性本能が働いたせいか、ほかの先輩猫より面倒見がよかったことが災いすることになる。別の子猫たちの面倒を見る光景が先輩猫には許せなかったようで、テコは居場所を失った。

結果、自分の寝床から出ることができず、膀胱炎を発症してしまった。

そのような不運がいろいろ重なり、僕が会いに行ったときも震えが止まらなかったのかもしれない。

それが、テコとの出会いだった。

うつ病の僕よりも
弱い存在を守ってあげたい

あのときのテコが震える光景を見て、僕の心は決まった。

この子が死ぬ最期のときまで、一生守ってあげたい。

当時、テコは一歳半、人間の年齢で二十歳ぐらいだった。この一年半でおそらく一生分の苦しみと悲しみを受けたに違いない。そう考えた僕は、これまで苦しんだことをすべて忘れるほどのワガママを聞いてあげよう、死ぬ間際、幸せだったと感じてもらおう、これからの残りの人生は、すべてテコを幸せにするために生きよう、そう誓った。

とはいえ、自分の生活すらままならないうつ病患者が、猫を引き取ったところでほんとうにちゃんと飼い続けることができるのか。

不安を覚えた。今でも自分が生活するだけでいっぱいいっぱいではないか。猫を飼い、共に生活をするのは、遊びとは違う。小さな命とは言え、テコを自分の家族として、命を懸けてでも守っていかなければいけない。

心のなかで葛藤が続いた。

「どうされますか?」

心のなかの不安が伝わったのか、迷いを見透かされてしまった。

だからといって、即答する勇気を持つこともできない。しかし、このままテコをこの場に置き去りにすることもできなかった。

猫を飼うという決断がこんなに難しいことだとは、ここに来るまで想像もできなかった。

以前は、家族にまかせていれば、なんとかしてくれるという、いわば他力本願で飼っていたことがよく分かった。

前に飼っていたときは、妹の旦那が働く自動車店に居着いてしまった猫を引き取ることで猫との生活がスタートした。

そのときは、可愛いという理由だけで飼い始めた。自分が暇となり都合のいいときだけ遊び、少し騒げば「うるさい」と言って追い払う。あとは、ほかの家族にまかせっきりとなった。

そんな自分の過去や性格をよく分かっていたので、「どうされますか?」と問われたとき、すぐに決めることができなかったのだ。

何度も何度も部屋のなかをグルグル回り、葛藤と向き合った。

育てられるのか?

諦めたほうがいいのか?

情けない自分……。

これ以上、この場にいては迷惑となる。ましてや汚い身なりのうつ病の自分。施設の人も口には出さずとも嫌に決まっている。ほんとうはそんなこともないはずなのだけれど、当時の自分はそう思うくらい弱りきっていた。

これ以上、返事を延ばすことはできない。不安な気持ちを押し殺し、テコの前に戻り、ひと言、声をかけてみた。

「うちに来て、家族になる？」

捨てられた僕と捨てられた母猫、家族になる

「誰だろう。またいじめられるのかな？
嫌だな。あっちに行ってほしい。
怖くて逃げることができない。
どうして、ずっと見るの？
あたし何かいけないことした？
これ以上、苦しめないで。
子供たちもいなくなった。

これ以上、あたしから何を取ったら気が済むの？

体の震えが止まらない。

どうしよう、殺されるのかな？」


初めて会ったときの、テコが震える光景は、いまだ目に焼きついたままになっている。

ただ、あのときテコが震えていなかったら、僕の決意は揺らいでいたかもしれない。

それだけテコが怯えていた姿は僕にとって勇気の源泉となり、テコは生涯守ってあげたいと思える存在となった。

「引き取ります。家族に迎えます」

不安な気持ちを押し殺し、手続きを行った。テコは、避妊手術をしていなかったので、引き取りの手続きの際に、あわせてお願いした。ここまでは順調に物事が進んだが、一番の問題は、どのようにテコを家に連れて帰るかだった。

テコは先輩猫によるいじめがきっかけで膀胱炎を発症していたので、数時間とはいえ、車の移動は簡単なことではなかった。猫は人間と違って出かける前に、トイレを済ませることができないからだ。

そのうえ渋滞にでも巻き込まれたら、それこそおしまいだ。テコの膀胱炎はさらに悪化する。頭を悩ませる問題だった。だからといって、移動手段を電車に変えたところで同じこと。移動時間が多少短縮することはあっても劇的に減ることはない。

そこで、施設の人と話し合い、家までテコを車に乗せて届けてもらうことにした。

この方法であれば、テコのおしっこのタイミングを見計らい、おしっこを終えてすぐに車に乗せれば、多少渋滞にハマっても、膀胱炎がこれ以上、悪化することはないと判断した。

とはいえ、相手は猫だ。いつおしっこをするか分からない。せっついても仕方がない。じっと待つことにした。施設の人には、テコがおしっこをした後、車に乗せたタイミングで電話をしてもらうことにした。


テコを飼うと決めてからは、先ほどまでの不安は不思議と消えていた。

帰り道、テコを迎えるためのグッズをいろいろ探しにいった。

寝床、トイレ、ご飯、ネズミのおもちゃに、羽根のついた棒など、テコが喜んでくれそうなものを選んだ。

色は、黄色で揃えた。最初に買ったのが黄色のトイレであったために、他のアイテムも黄色で揃えた。久しぶりの買い物だった。うつ病になってからは、新しいものを買うことがなかったため、新生活が始まったかのように感じた。

部屋に戻り、早速買い揃えたグッズの封を切っていった。ガランと閑散としていた空間が、テコの荷物で埋まっていく。そう多くはなかったが、何もない部屋に居続けることがものすごく辛かったので、テコの荷物は生きる希望に変わった。


そうこうして忙しく過ごしているうちに、テコを迎える日がやってきた。

久しぶりに鼓動が高まるのを感じた。昨夜は興奮のあまり、寝ては起きるを繰り返し、ずっとソワソワしていた。

水のチェックを行い、トイレも万全にし、お腹が空いたら、すぐにご飯を出せるよう、シミュレーションを何度も行った。

それでも居ても立ってもいられない。新しい家族がやってくるのだ。

テュルルルル。

電話が鳴った。今から施設を出るという。

渋滞がなければ早くて三時間、渋滞にハマれば五時間強かかる。埼玉から横浜までの距離だ。何もなければいいのだが。

とくにすることもなかったが、落ち着かない。鳴らない携帯を何度もチェックした。

車が外に停まるたび、ベランダから下を見下ろした。違う。別の人だ。居ても立ってもいられず、何度も玄関先まで下りては部屋に戻った。最初に聞いていた三時間はとうに過ぎている。

日も落ち始め、次第に暗くなってきた。施設の人も運転に自信があるわけではない。日頃は、送迎を行っているわけでもないので、不慣れな道に戸惑っているのかもしれない。事故に遭ったらどうしよう……。さまざまな不安が先の見えない時間に襲いかかる。

五時間を過ぎ、心の余裕がなくなってきた頃、ようやく二回目の電話が鳴った。

「近くに着きました」

家の近くは少し分かりにくい道だったので、歩いて最寄りの目印まで迎えに行くことにした。

そこにテコはいた。手術したところが傷つかないようにお腹に包帯を巻いたまま、小さなゲージに丸まっていた。少し疲れたのか、僕がゲージを覗き込んでも震える様子はなく、その光景を見て安心した。

すぐさま買ったばかりのテコ専用のバッグに移動させ、家に運び入れた。

バッグを置いて開けた瞬間、テコはどこかへ消えてしまった。

怖がらせてもいけないので、追いかけることはせず、テレビを見ることにした。

　テレビの音を鳴らしておけば、テコもゆっくりと自分の居場所を探せるだろうと考えたからだ。

　このときばかりは、顔はテレビを見ながら、小さな気配に耳をそばだてていた。でも、そんな様子をテコに気づかれると、警戒されてしまうかもしれない。なんせ五時間以上の長旅で、トイレも我慢しているに違いない。しかもテコにとっては新しいおうち。トイレの場所も分からないのだ。これでまた膀胱炎が悪化してもいけない。

　そう思い、少しでも心配を減らすために、あらかじめ施設の人から使用済みのトイレの砂を少しもらっておいた。新しいトイレの上に撒いておけば、テコのトイレだという合図になるらしい。早速、指示された通りに砂を撒き、準備を整えた。

　その際も音には細心の注意を払った。大きな音を立てて、テコを怖がらせてはいけないと感じたからだ。

しばらく経ち、移動する気配がなくなった頃、どこに隠れているのかを調べに行った。

このときも音が鳴らないように、ゆっくり立ち上がって抜き足差し足で探した。まるで泥棒にでもなった気分だった。

そう多くの部屋があるわけではないが、どこを探しても見つからない。窓はすべて閉めてあったので、外に出る心配はなかったが、どこにも見当たらないのだ。

見逃した場所がないか、もう一度同じところを探すことにした。やはりいない。

猫とはいえ、さすがに姿を消すことはできないと考えた僕は、見落とした可能性のある場所を重点的に探した。

すると、ふだんは気づくことのなかった隙間を発見した。冷蔵庫の横のわずかなスペース。横幅は十五センチメートルもない。

そこにテコは隠れていた。

テコが来る前に床を拭き、大掃除をしていたので、そこでテコが埃まみれになることはなかったが、まさかそんなところに入るとは思っていなかったので、頭を抱えた。無理に出そうとして噛まれても嫌だし、引っかかれる心配もある。だからといって、テコが凶暴な性格かどうかはまだ分からない。むしろお見合いのときは震えていたので、じつは臆病かもしれない。このときはテコがまだ来たばかりで、何も分からない状態だった。

仕方なく、買ったばかりの羽根のおもちゃを取り出し、冷蔵庫の隙間に入れてみることにした。

テコは、動く羽根をじっと見ているだけで放心状態。ビクともしない。これでは埒があかないので、羽根がついていた棒を逆さまにして、テコの足を軽くツンツンしてみた。

するとまい嫌だったのか、足を引っ込めた。ただ僕にとっては、無視されるより、反応があったことが嬉しかった。何度か嫌がられながらも、ツンツンを繰り返し、テコとのコミュニケーションを楽しんだ。

しつこくして嫌われても嫌なので、冷蔵庫の隙間にご飯と水を置き、静かに寝ることにした。

次の日、起きてみると、テコの姿はない。冷蔵庫の隙間からいなくなっていた。

僕が就寝したあと、部屋のなかを探検した痕跡があった。羽根は移動し、ネズミのおもちゃも部屋に落ちていた。

さらに、冷蔵庫の隙間に置いたご飯もわずかだが減っている。そして、肝心なトイレはというと……。

おしっこをしていた。これでひと安心。膀胱炎が治ったわけではないが、これからは我慢せずに用を足せるようになったかと思うと、嬉しい気持ちになった。

そういえば、以前飼っていた猫のときは、これまで、そんな些細なことで喜びを感じることはなかった。たかがトイレ。ほっておいてもおしっこするのは当たり前。そう考えていたからだ。

しかし、今は違う。膀胱炎を抱えるテコがトイレの場所を理解し、ちゃんと使ってくれたのだ。これほど嬉しいことはない。

その喜びをテコと分かち合おうと思い、テコの姿を探すも見つからない。仕方なく別の部屋を探そうと立ち上がった瞬間、テコがオープンキッチンの上から僕を見下ろしていることに気づいた。

目が合って慌てたのか、テコは飛び降り、着地と同時に走り出して、また姿を消した。元気な姿が確認できたので、僕は追いかけることをせずに、パソコンの部屋に行き、テコの散策の邪魔にならないようにした。

そんな何気ない日々が続いた。急ぐ旅ではないし、ゆっくり心を繋いでいけばいい。そう考えた僕は、テコのペースを尊重することにした。とくにこの頃の僕は、まだうつ病が完全に治っていたわけではなく、外に出るにしても病院と家を往復するだけの生活だった。テコが来てくれただけでも、僕のなかでは大きな変化であったし、生きる希望を少しずつ感じられるようになっていた。

それに心に傷を持つ膀胱炎のテコを放置したら、テコは生きられなくなるだろう。そう感じた。

テコの存在は、僕にとって生きる理由そのものになった。

心を開いてくれて、ありがとう

「ここは、どこかな？
前にいたところとは違うようだけど、どこに連れてこられたんだろう？
隠れる場所もない。部屋を散策しても何もないし、この場所は、何？
しかもこの間、顔を近づけてきた人が家のなかにいるし、嫌だな。
おしっこに行きたいけど、どこですればいいのかな？　困ったな。
砂がないと、おしっこできない。もう嫌。
ひとまず身を隠せる隙間があったから、ここに隠れていよう。

狭いけど仕方ない。
ふー。あれ？
何かが近づいてくる音がする。
またあの人だ。
しかも今度は、棒でつついてくるし、
あたしをいじめようとしてるのかな？
でも今までと違って、こちょこちょするだけで痛くないな。
もしかして遊んでる？」

かといって、同じ家に住んでいても、この先もずっと隠れっぱなしでは、はたして家族と言えるのか。そう疑問に感じた僕は、生活に慣れ始めたテコを半強制的に外に出すことを計画した。

だが、テコは人間嫌いときている。きっと恐怖を感じているのだろう。そんなビビりのテコを無理やり外に出すなんて、自分にはできない。そこで思いついたのが、またたび作戦だった。もちろん、テコがまたたびが好きかどうかは定かではない。

しかし、そこで手をこまねいていても何も進展しないと考えた僕は、お店でいろいろなグッズを買い込み、試してみることにした。

すると、テコはまたたびに対して多少の興味は示したものの、外に出るところまではいかなかった。結局、またたび計画はあえなく失敗に終わった。

次に考えたのは、ジェル状のもの。指先にジェルをつけて舐めさせることで仲良くなるというグッズ。早速、試してみることにした。

しかし、結果は、完全無視。鼻や口に指を持っていっても、テコは見向きもしてくれない。

このままでは、テコの居場所は今後も冷蔵庫の隙間のままということになり、僕が寝静まった後に部屋を散策するだけの寂しい日々が続く。それだけはなんとか避けたいと考えた僕が次に試したのは、猫用のスナック菓子。すると、今までの反応とは少し様子が違う。何やら気にかけ始めたようだ。クンクンと鼻を鳴らして匂いを嗅いでいる。手にのせたお菓子を遠ざけると、身を乗り出してついてきた。

「何、それ？
おいしそうな匂いがするけど、お菓子？
テコ、それ気になる。もっとそばに寄せてよ。
そんなに離してたら取れないでしょ。
もっと近くに置いてよ」

これはいける。

そう思えたのも束の間のことだった。この作戦が通じたのは、冷蔵庫の隙間から出ようとしたところまで。気がつくと、そのままバックし、また元の位置に戻ってしまっていた。この方法もダメだった。

この日は、その後もいろいろと試したがうまくいかず、結局諦めて就寝することにした。

「昨日のお菓子、こんなところに置いてある。

しめしめ。誰もいない。

今のうちに食べちゃえ。

あれ？　開かない。

何、これ？　ほんとうに嫌。

誰か袋を開けてください」


諦めるのはまだ早かった。翌朝、目を覚ますと、テコが少し興味を示したスナック菓子の袋が移動していたのだ。

封は閉じたままだったので、開けて食べることはできなかったようだが、袋には開けようとした痕跡がハッキリと残されていた。そこで、冷蔵庫の隙間にいるテコにお菓子をあげてみることにした。置くと同時にペロリと食べた。それを見て嬉しくなった僕は、もうひとつ置いてみた。すると、また食べた。

あまりに夢中になって食べるテコの姿に、今度は、冷蔵庫の隙間の外にお菓子を置いてみることにした。警戒しながらも、テコは隙間から出てきてお菓子を食べた。これで初めて、テコの全身をとらえることができた。施設でお見合いしたときは寝床に半分隠れていて、完全な姿を見ることができなかったし、家に来たときもすぐに隠れてしまい、これまた見ることができていなかった。

施設の人が記念に写真を撮ってくれると言ったときも、テコはすぐさまトンネルのなかに入ってしまい、全身を見ることができなかったのだ。それほどテコはビビりで、なかなか表に出てこようとしなかった。

そんな貴重ともいえるテコの全身の姿だったので、隙間から出たときは、ものすごく嬉しかったし、ようやく家族の一員になった気がした。というのも、その後、テコはお菓子欲しさに僕の手にのせたスナックを食べたり、僕の膝の上を歩いたりして、お菓子を食べてくれたからだ。

「このお菓子、ほんとうにおいしいね。
今までは余り物を拾って食べてたから、
こんなにおいしいもの、初めて食べたよ。
もっとちょうだい。
これはテコのだから食べないでね。
ひとつならあげるけど、ひとつだからね。
あとはテコの！」

この出来事がきっかけとなり、テコと僕は仲良しになった。
テコが心を開いてくれたのだ。だからといって完全に警戒心が解けたわけではなかったが、心の距離が少しずつ近づいていることだけは実感できた。
羽根のおもちゃを出せば、一緒に遊びたいとはしゃぎ、ネズミのおもちゃを出せば、動かしてと催促する。

「遊ぼ遊ぼ。
ネズミさんを動かして。
さっきからネズミさんが寝てばかりで遊んでくれないから、動かして。
ねーねー。羽根ちゃんもね。
もっと早く動かして」

ほんとうに楽しい時間を過ごすことができた。

会社に復帰、そして家には家族がいる

そんなテコとの日々を過ごしていくうちに、自分がうつ病だったことを忘れるほど元気を取り戻していたことに、ある日、ふと気がついた。

食事をとることもできるようになったし、実家に顔を出すこともできるようになった。外出する回数も増え、遠出もできるようになってきた。さすがにテコがいたので泊まりがけで出かけることはできなかったが、以前のような生活を少しずつ取り戻していた。

うつ病は心の病なので、完全に治ったかどうかは分からなかったが、いつま

でも休んでいるわけにもいかなかったので、勤めていた会社に連絡し、復帰の意向を伝えた。

すると、会社の配慮もあり、以前とは違う部署が用意された。

ただ、五年勤めていた会社とはいえ、うつ病で休職していた僕に正規の業務をまかせるのは難しかったのか、余剰人員として何もせずとも支障の出ない、のんびりとした新設部署に配属された。

ここで行う業務は、親会社が使い古したコインパーキングの機器を中古販売すること。といっても、うつ病上がりの僕に営業などできるはずもなく、ただ、形だけ存在していたホームページのメンテナンスをまかされた。

この程度の仕事であれば、緊急性もなく、関わる人も限られている。勤務時間中は機械相手の仕事なのでストレスがかかることも少ない。そう考えた会社は僕をその新設部署に配属することを決めたのだ。言い方を悪くすれば、窓際族。会社も迷惑だったに違いない。うつ病となり休職したと思ったら、今度は復帰。規定があるので簡単にクビにできないのは分かる。しかし、こんなお荷物社員を再雇用したところで利益を減らすだけだ。

だからといって、三十歳を超えていた僕には、ほかに行く当てなどなかった。この会社に入れてもらったのは、二十六歳のときだったので、この時点でよく未経験の僕が就職できたと思ったくらいだ。しかも五年経たずに、うつ病となり、休職だなんて、最悪だ。社長に迷惑をかけっぱなしの人生……。

今にして思えば、お情けであっても、よく席を用意してくれたものだ。もちろん、それまでの業務が激務で、ストレスを一番感じやすい部署の責任者をやっていたので、僕に対して申し訳ないという気持ちがあったのかもしれない。

しかし今の時代、余剰人員など抱える会社が少ないことを考えると、戻るにも勇気は要った。

周りの目が気にならないといったら嘘になる。でも僕には、ほかに頼るところがひとつもなかった。

しかも、完全に完治していたわけではないので、重たい体を引きずりながらの再出勤となった。

毎日、これといってやることのない日々が続いた。会社には出勤するだけで何かをまかされることもなければ、しないといけないこともない。おもちゃとして渡されたホームページを、ただ見続けるだけの仕事。時間が異常に長く感じられた。

以前までの僕は、会社のなかでも重要ポストに就いて、駐車場運営に関わるすべての業務をまかされるという、いわゆる花形部署にいた。

そこからの転落劇だったので、周りも僕をどう扱っていいのか分からなかったのだろう。当時の花形部署の人たちが忙しく活躍する姿を見て、羨ましいと思う半面、恐怖も襲いかかってくる。鼓動が高まるのを抑えつつ、何もすることのない席に戻る日々。こんな時間潰しをするくらいなら、自分なんかいないほうがいいのか？　迷惑を承知で出戻ったけど、周りの視線は痛かった。

でも、家に戻れば違う。自分の居場所はあった。

以前とは違い、今はテコがいる。僕の帰りを心待ちにしてくれている。それは家の扉を開けた瞬間に、すぐさま理解できた。

「テコ、ただいま。どこ?」と帰宅の合図を送ると、テコは決まって玄関までお迎えに駆けつけてくれるのだった。

🐾

「おかえりなさい。

テコは今日もいい子にお留守番してたよ。

昼間はお部屋を散策して悪い人がいないかをチェックしたし、

ネズミさんがイタズラしてないかも確認しておいたから大丈夫だと思う。

あとは鳥さんがベランダに来てたから、お話ししておいたよ。

いい子だったでしょ。

ねえ褒めて」

そしてひと目、顔を見ると、テコはすぐさま自分の寝床に戻るのだが、今まで迎えにこなかったことは一度もなかった。その何気ない行動が僕はたまらなく嬉しかった。

僕はもう、ひとりぼっちではない。

そこから僕はお風呂に入って、ご飯を用意し、テコと一緒に食事を楽しむ。まるで老夫婦のような関係だったが、無理のない付き合い方が僕にはちょうどよかった。というのも、以前飼っていた猫は、食後は決まって遊んでと催促し、にゃあにゃあ騒ぐのがストレスになっていたからだ。

その点、テコは違う。遊んでと要求することもなければ、邪魔することもない。ただ座って僕を見守ってくれていた。振り向けば、必ずテコはそこにいて、いつも僕を見てくれていたのだ。その光景に心癒されながら、時間に余裕があるときは、テコの大好きな羽根を持ち、一緒に遊んだ。

部屋のなかを飛び回り、テコは赤ちゃんのような無邪気な表情をしてはしゃいだ。

「今日もいい子に待ってたよ。

我慢できなくて騒ぐときもあるけど、今日は頑張って待てたよ。

偉いでしょ。

お仕事終わったんなら、羽根ちゃんで一緒に遊ぼう」

そんな何気ない日常がしばらくの間続いた。会社ではとくになすべきことのない仕事、家ではテコと共にする安らぎのひととき。いつしか、会社に行くことにも慣れ、周りの目も気にならなくなっていた。というより、周囲も多忙ゆえ、いちいち気にしていても仕方ないと割りきってくれていたのかもしれない。

そのなんでもないように当たり前に接してくれた周りの配慮が、僕に再び奮起する動機を与えてくれた。これ以上、時間を浪費するために会社に出勤するのは嫌だし、周りにも迷惑をかけるわけにはいかない。そして何といっても、何の取り柄もない僕を採用し、うつ病を患っても見捨てることなく再雇用してくれた社長にも恩返しをしたい。そんな思いを抱けるようになってきたのだ。

だからといって、最前線で仕事をすることはできなかったので、与えられたホームページの更新作業に知恵を絞ることにした。掲載していた写真を綺麗に撮り直し、説明文を分かりやすく修正した。商品の特長や使い勝手なども追加で記載し、問い合わせフォームなども工夫した。

するとどうだろう、徐々にアクセス数は増え、来社する人の数も増えていった。とはいえ、僕が勝手にサーバーに接続することはできない。アクセス権限を付与されていなかったからだ。見せかけのホームページであっても、関連部署に依頼をしなければ更新すらできない状況にあった。そこで僕はその都度、関連部署に相談を持ちかけ、協力を仰ぐことにした。

この部署は、社長の息子さんが代表を務め、同じビルに入る子会社のような存在として位置付けられていた。

ＩＴ関連の事業を主に手掛け、その一環でグループ会社のホームページ関連の更新作業なども請け負っていた。作業を依頼する流れは至ってシンプル。更新したい項目を紙で伝え、実装されるのを待つだけ。

しかし、彼らにはメインの業務があり、ホームページの更新などついでに行うものだったので、とにかく依頼を行ってからの実装に想像以上の時間を要した。平均して二週間。お役所仕事のほうがマシに思えた。

だからといって、自分ができることなどなく、暇な僕にできることは指示書を追加していくことだけ。

日に日に、実装されない指示書が積みあがっていく。当然そうなれば、相手の部署もまとめて行ったほうが効率的と考え、実装されるまでの時間はさらに延びていった。そんなやり取りにしびれをきらした僕は、ついに我慢の限界を迎えた。

「少しホームページをいじれるので、自分でやってもいいですか？」

依頼した内容を待つ時間がもったいないと感じた僕は、子会社の社長（社長の息子）に直談判をした。

すると、快く承諾を受けるとともに、ホームページをいじれる人が不足していたという理由で、実装が滞っていたことを逆に詫びられた。

これで実装時間に振り回されることなく、淡々と自分のペースで仕事ができる、と喜びをひそかに感じた。

そのことをテコにも報告した。一連の仕事の流れから、指示を与えても実装されない不満や悩み。そして、そのもやもやとした気持ちを払拭するために、勇気を奮い起こして直談判し、自分の守備範囲のなかで仕事ができるようになったことなどを。

その日ばかりは、ふだんは無口な僕も饒舌になって話した。その光景にテコは半分目をつぶり、静かに聞いてくれた。

🐾

「今日は、やたらとお話しするなあ。

いつもはテコテコとしか言わないのに。

何かいいことでもあったのかな？
今日はいつもと違って嬉しそう。
なあに？
テコにもその楽しい話を教えて。
静かに聞くからお話しして」

結婚して、妻が僕と猫が住む家にやってきた

その後、ホームページからの問い合わせは、さらに増え、順調に数字を伸ばしていった。

そんなある日、上司に飲みに行かないかと誘われた。社長の息子だ。年齢も僕と近く、気も合った。

ちなみに、ＩＴ関連の事業をまかされている子会社の社長とは別人だ。そちらは、弟のほうだ。

僕の上司は兄のほうで、優しい性格もあって、社長には向いていないという

ことで、専務という肩書きをもらっていた。その専務に飲みに行かないかと誘いを受けたのだ。

しかも、女の子が同席するという。当時、二人とも独身だったので、隠れてコソコソすることはない。

堂々と飲みに行ける。とはいえ、合コンという形式のものだったので、みんなを誘うわけにもいかず、僕だけが誘われたのだ。後日、理由を聞くと、会社に復帰し少しずつ元気を取り戻す姿を目にして、応援したい気持ちになったと言う。

こういったところが専務らしい。普通、会社の上司といえば仕事で応援するのが普通と考えがちだが、専務は違った。プライベートが充実してこそ初めて人生は成功すると考える人だった。

そういった考えに共感して、僕は合コンに行くことを受け入れた。だからといって、専務も僕も合コンに慣れているわけではないし、饒舌というわけではない。合コンで何を話題にすればいいか見当もつかないし、お酒の飲めない男性二人が二対二の合コンに行って、いったい何をすればいいというのか？　それすら分からない。仕方なく場の雰囲気に身を委ねることにした。

気づくと専務は、ひとりの女性に焦点を絞り、話を盛り上げていた。かくいう僕は、何を話していいのか分からず、重苦しい沈黙に耐えていた。早く帰りたい。しかし相手は仲良しとは言え、一応、会社では専務という立場。僕が先に帰るとは口が裂けても言えない。もう少しの我慢。時間潰しは慣れている。そう自分に言い聞かせ、コースの二時間が終わるのをじっと待った。ようやく解散となり、これで解放されるかと思いきや専務が四人でまた会いたいと言い出したのだ。さすがに専務からの申し出とは言え、日を改めて、この苦しい状況が続くことを考えたら気が遠くなっていった。しかし、気弱な僕が断れるはずもなく、僕の知らないところで次なる予定は組まれていった。

そのことを家に帰りテコに話すと、素知らぬ顔で、テコはネズミと遊んでいた。

「そんなのあたし、知らない。勝手にすれば?」

そう言っているかのように見えた。


あくる日、専務からお呼びがかかった。先日の相手と四人で再会するというのだ。

仮病を使って休みを取ろうかと思ったが、専務のはしゃぐ姿を見たら、そんなことは口が裂けても言えない。

仕方なくついて行くことにした。このときの記憶は、ほぼ完全に消去され、どこに行ったのかすら覚えていない。

お酒を飲み、記憶が飛んだわけではない。相変わらず、飲めない男性二人が、酒豪の女性を相手にエスコートするだけの会だった。通常、こういった会の後は、二度目に出かけたことすら忘れがちだが、なぜ記憶に残っているのかというと、専務のお気に入りだった女性から相談を受けたからだ。

「私、専務のことタイプじゃないし、むしろ迷惑。どうにかならない？」

なんてこった。専務があれほど喜んでいたのは、完全なる一方的な片思いで、相手は迷惑がっているというのだ。

前例のないような任務をまかされてしまった。しかも専務は、これまで二回食事に行けたことから、三回目もあると勝手に思いこんでいる。ほんとうのことを言うべきか、言わざるべきか。こんなことになるなら最初から二回目に会う約束など断っておけばよかったと後悔した。しかし、それは後の祭り。八方塞がりとなった。

その場は、予定が合わないという理由で、次回の予約を決めずに解散することになった。

あとは、相手からの連絡が途切れ、専務の熱が下がるのを待てば、一件落着のはず。

そうなるかと思いきや、この関係は、まだ終わっていなかった。

今度は、僕と話していた女性が専務抜きで三人で会いたいと言ってきたのだ。

理由は分からなかった。僕との会話がとくに盛り上がったわけではないし、専務のお気に入りだった女性が僕に会いたがる理由もない。その真相を確かめるために、ひとまず三人で会うことにした。

すると、今度は、僕と話していた相手が、僕のことを気に入ったと言うのだ。これには驚いた。なぜなら、うつ病上がりの僕には、とくに魅力的なものは何もなく、陰気でつまらないし、女性を上手にエスコートできるような能力もなかったからだ。

にもかかわらず、彼女は会いたかったと言う。ただ、二人だけで会うのは、勇気が出ないという理由で、専務のお気に入りだった女性も付き添ったという。何たる展開。非常に困ったことになったが、専務のお気に入りの女性がいてくれてむしろ救われた。二人で食事になど行っていたら、それこそ会話が持たない。地獄のような二時間になるところを、三人で会うことで意外なことを知ることができた。

それは、専務がお気に入りだった女性のことを知れば知るほど、もっと知りたいという思いが自分のなかに芽生えてきたことだ。久々に胸が高鳴った。他人に無関心だった僕が、彼女に興味を持ち、彼女のことをもっと知りたいと思うようになったのだ。

早速、連絡先を交換し、その後、二人で会うようになった。

🐾

「最近、帰ってくるの遅いな。

何かあったのかな？　心配だな。

もしかして、テコのこと嫌いになったのかな？」

最初は専務には言えない関係だったが、これ以上隠し通すのは無理だと感じたタイミングで話を切り出した。その頃、専務も新しい彼女ができたばかりで、快く応援してくれた。

当然、お付き合いが始まれば、テコにも会わせることになる。

しかしテコは、人間嫌い。宅配便が来ただけで、その後三十分は姿を見せなくなる。

そんなテコに配慮して、家に彼女を招くことだけは、ずっと避けていた。

でも、付き合っていくなかで結婚を考えるようにもなった。そうなると、テコに会わせないわけにはいかない。テコが拒否したら、それ以上、結婚の話を進めることができないからだ。

すると、意外にもテコは逃げなかった。彼女を連れて家に帰宅し、玄関のドアを開けた瞬間こそ、本能的に隠れることをしたが、二人で話をしているうちに、顔をひょっこり出して、トコトコと挨拶に出てきたのだ。

「誰?
誰か遊びに来たの?
テコのこと、いじめない?
あなたは、誰ですか?」

これには驚いた。家にいる間は、ずっと隠れっぱなしを覚悟していたからだ。これで胸のつかえは取れた。安心して結婚の話を進めていける。

とはいえ、この時点でうつ病が完全に治っていたわけではない。まだ心療内科にも通い続けていたし、薬も飲んでいた。骨折と違って、レントゲンで完治を確認できるわけでもない。そんな不安定な状態で結婚などして、ほんとうにいいのか？　自分のなかでの葛藤があった。

そのことを彼女に話すと、「私があなたの病気を治す」と言ってくれた。

当時、彼女はマッサージの専門学校に通っていたこともあり、リンパの流れをよくすることで体のなかに溜まった老廃物を出しつつ、毎日、三食のご飯をつくることで、心と体のケアを献身的に行ってくれた。今考えれば、食事をとることが苦手だった僕は、ご飯を食べることからも逃げていたし、運動することも避けていたほどだったので、リンパの流れなど考えもしなかった。しかし、人間の体は正直なもので、気づけば末期症状となり、うつ病になるべくしてなったと言われた。これ以上、酷くなっても困るし、このままだと結婚することもできない心配があったので、言われたことは最低限、守ると決めた。ただ四十八キログラムまで落ちた体重を元に戻すのは簡単なことではない。

だからといって、いつまでも食べることから逃げていたら、回復することはできない。だから、頑張って食べた。

やっとのことでボリューム満点のご飯を食べ終わると、次に待っていたのは、リンパマッサージ。猛烈に痛い。痛タタタタ。毎日、家のなかから悲鳴が上がったが、そんな生活を続けていくうちに、体重も増え、血色もよくなった。

気づけば行動範囲も広がり、旅行にも行けるようになった。二人とも海外が好きで、以前、お互い海外に住んでいた経験もあったので、「いつか、海外に住めたらいいね」なんてことも話せる仲になっていた。

🐾

「ねえねえあたしのこと、忘れてない？

最近、全然構ってくれないけど、もっと遊んでよ。

彼女ができたのはいいけど、構ってくれないなら、膀胱炎を理由に、お布団の上で、おしっこするよ。

いいのね？

嘘じゃないからね。ほんとうに、おしっこするからね」


あたしたちの関係が壊れていく。二人の関係が親密になればなるほど、大切なものを奪われる気がした。子猫たちと引き裂かれたときの思いが蘇ってくる。また、ひとりぼっちになるのか？　あんな思いはもう懲り懲り。あたし、何かいけないことした？　邪魔ならハッキリ言ってほしい。

そんなさまざまな出来事もありつつ、出会ってから二か月で結婚することになった。いわゆるスピード婚というやつだ。ただ、普通の結婚と違った点があった。「おみくじで決めた」ということだ。そのときは、喧嘩が重なり、別れ話にまで発展していた。仲直りしてもすぐに喧嘩を繰り返し、悪循環に陥っていたが、このときばかりは違った。本気で「別れるか結婚するか」をきちんと決めようという話になったのだ。

ただ優柔不断な僕は、そんな大それた決断をすることもできない。テコを迎えたときも相当悩んだが、奥さんを迎え入れるとなれば、さらに決断は簡単ではない。しかし、これ以上、結婚の話を先延ばしにするわけにもいかない。そこで苦肉の策として出てきた言葉は、「自分たちで決められないのなら、神様に決めてもらおう」というものだった。そんなふざけた言い訳が彼女に通用するわけがないと思ったが、意外にも彼女は、「そうしよう」と答えた。

東京にある浅草寺で、おみくじの儀式は行われた。

カラカラカラ。

棒の先に書かれた数字が出てきた。

「一番」

理解できなかった。そんな漫画に出てくるような番号が実際に存在するとは思えなかったし、ましてや結婚を決めるおみくじでそんな奇跡的な数字を引くとは想像もしていなかった。しかし、何度も見返しても「一番」に変わりない。

「もしかして……」と互いに顔を見合わせながら、その番号のおみくじと引き換えた。すると、予想通りの結果が、そこには書かれていた。

「大吉」

「一番」を引き当てた時点で、なんとなく予想はしていたが、実際に「大吉」という文字を目にすると、感動のレベルはこれまでとは比べものにならなかった。さっきまでの喧嘩のことなど忘れ、その場で結婚することを決めた。

そんな奇跡が起きていたとは露知らずのテコは、のんびり家で待っていた。

「テコ、聞いて。結婚することになった。今日おみくじ引いたら一番が出て、すごいよね。テコ、分かる?」

テコはキョトンとして何のことかよく分かっていない様子だったが、何やら僕が興奮していることだけはなんとなく伝わったようだ。それもそのはず、いつにも増して、テコと、羽根とネズミで遊ぶ時間が長くなっていたから。僕もテコが羽根を目掛けて何度も跳ぶ姿を見て、喜んでいるように思えた。そのことが嬉しかった。なぜなら、なんといってもテコは僕の一番目の家族だったので、テコが喜んでくれるのは、僕の幸せでもあったからだ。だからといって、テコが声を出し、「おめでとう」と言ったわけではないが、テコが一緒になってはしゃいでくれた姿は、僕にとって大きな勇気となった。

「今日は、どうしたの？
なんでたくさん遊んでくれるの？
何かいいことあったの？　テコにも教えて。
今日テコはね、日向ぼっこして毛繕いして、お昼寝してたよ。
いい子だったでしょ。ご飯も食べたし、おしっこもトイレでできたよ。
偉いでしょ？　ねえ褒めてよ。
今日は一緒に寝ようね。あと、それから……」

結婚して間もなく、妻は引っ越してきて、通っていたマッサージの専門学校を中退し、主婦になった。

自分の夢を諦め、家庭に入ることを決めてくれた。このときは、彼女ものすごく悩んだと思うし、学費を無駄にさせてしまったことを申し訳なく思う。今でも、当時の仲間との同窓会に出かけるたびに、可哀想なことをさせてしまったと反省している。だからといって、僕が中退を迫ったわけではないが、僕がうつ病だったために、僕をほっておけないという彼女の優しさだった。

結婚を会社に報告すると、部署の異動を命じられた。結婚が理由ではなく、ホームページの更新作業を委託していた社長の息子（弟のほう）が運営している関連会社にきて力を貸してほしいというのだ。

元々、ホームページは勉強していたし、もっとインターネットのことを詳しく知りたいと感じていたので、新たな学びを深めるために引き受けることにした。

そこではグループ会社のＩＴ関連の業務を一手に引き受け、日々忙しく過ごしていた。

ただ新設部署でもあったので、決まった業務はなく、自分たちで業務自体を考えてつくっていく必要があった。

初めは周りのスピードに圧倒されたが、数日も経つと、なんとなくの流れを知ることもできたし、自分のやるべき仕事も見えてきた。

そこで僕が初めに着手したのは、ホームページを使っての問い合わせを増やすことだった。

というのも、その会社のメイン事業は、官公庁などで見かける番号発券機の製造販売でもあったので、機械の売り上げが評価に繋がることを知ったからだ。しかし、半うつ病状態の僕が営業に行ったところで役に立つはずもなく、周りに迷惑をかけるだけだったので、邪魔することなく、少しでも役立てるものはないかと模索した結果、問い合わせを増やすことに行き着いた。これであれば、今の部署の業務にもマッチしているし、自分の得意分野を生かすこともできると考えた。そこから僕の研究は始まった。元々ホームページをいじることには興味があったし、ずっとパソコンを触っていても疲れることはなかったので、少しずつ仕事をするのが楽しくなっていった。しかも好きなことをするだけで給料までもらえる。まさに天国。あぐらをかくこともできたが、そんなことをすれば、再雇用してくれた社長に申し訳ない。自分のため、社長のためにやれることはすべてやろうと決めた。

カッコいいお父さんになると誓う

そんなバタバタとした生活が続くなか、朗報が舞い込んできた。

妻が妊娠したというのだ。あまりに突然の出来事だったので、理解が追いつかない。

彼女と出会って、わずか二か月で結婚をし、結婚したと思ったら、もう子供ができたというのだ。

しかも、僕はまだうつ病が完治していない。情けないお父さん。薬こそやめていたが、家族を支えることができるのか、不安がよぎった。テコ、妻、そしてこれから生まれてくる子供。気づけば、家族がどんどん増えていった。

正直、何が起きているのか分からない。つい数か月前までは、家でゴロゴロし、休職していた自分が、今は会社に復帰して、部署も新しく変わり、家族が三人（テコ、妻、そして子供）いる。変化のスピードが速すぎて、もはや自分の思考を巡らせる余裕もない。ただ、人生の流れに身をまかせるしかなかった。

それからは家のなかにも、たくさんの子供グッズが増えていった。一番、戸惑ったのは、テコだった。

初め、家に来たときはガラガラだった部屋が、日を追うごとに荷物が増えていく。その光景を見るたびに、目をパチクリし、荷物が運び込まれるたびに、血相を変えて冷蔵庫の隙間に逃げ込んだ。ただ今までと違うのは、宅配便の人がいなくなっても家族がいるので、否応なく、その環境に慣れるしかなかった。

「また何か買ったの？
どんどん部屋が狭くなっていくよ。
それでいいの？
テコがネズちゃんと遊ぶスペースだけは確保しておいてよ。
狭いのは嫌だからね。
テコはかけっこ大好きなんだから
ぶつからないようにしておいてよ。
テコに相談もしないで勝手にモノを増やして、
ほんとうに迷惑なんだから。
ねえ、ネズちゃん」

そんななか、時が経つのは早いもので長男レムの出産が迫っていた。これまで毎週病院に付き添っていたので時間の流れをほとんど感じなかったが、病院の帰りに立ち寄って食べる焼肉を、どうやらレムも好きになったようだ。

生まれていないのに、なぜ分かるのかといえば、エコーを行っている最中に、「レム、このあといつもの焼肉に行くよ」と声をかけると親指を立ててＯＫのサインをしていたからだ。もちろんエコーの映像なので、そう見えただけかもしれないが、生まれたあともレムがそのお店の味が好きということを考えると、案外、気のせいではなかったのかもしれない。

とはいえ、相変わらず、半うつ病状態のお父さんだった。こんな情けない状況がいつまで続くのか不安だった。

「ダサい」と言われたくないと思ったところで、レムは待ってくれない。もうすぐ、妻のお腹から出てくるのだ。

そうこうしているうちに病院からお呼びがかかった。レムがいよいよ生まれるという。急いで病院に行き、分娩室に駆け込んだ。入室して、しばらくすると、陣痛が始まった。

ひーひーふーひーひーふー。

テレビドラマで見た光景が目の前で行われている。

ひーひーふーひーひーふー。頭が出てきた。

ひーひーふーひーひーふー。何かが引っかかっているという。自力で押し出すことができないようだ。

仕方なく頭を器具で挟んで引っ張り出すという。レムの頭がロックされた。引っ張ると同時に柔らかい頭がどんどん伸びていく。可哀想で見ていられない。大きくなっても頭が伸びたままで戻らなかったらどうしよう。そんなことを考えながらもレムの出産を見守った。

ひーひーふーひーひーふー。もう耐えられない。レムが伸びていく。涙が溢れる。

おぎゃーおぎゃーおぎゃー。

レムが出てきた。いや違う。目の前にいたのは、

「自分だった」

一般的に男の子は、お母さんに似ていると聞いていたので、妻に似た子が出てくることを予想していた。

しかし、そこにいたのは、少し頭の伸びた小さな頃の僕だった。衝撃のあまり、ハンマーで脳天を叩かれた気分となった。

その瞬間に、何かが吹っ切れた。今までとは違う。うつ病が完治したのを実感した。ハッキリと分かった。

「これからは、カッコいいお父さんになりたい」

心の底からそう感じた。

レムの誕生は、テコにも大きな影響を与えた。

これまでは、うつ病だった僕と妻がいるだけ。夫婦喧嘩はよくしていたが、テコは穏やかに暮らしていた。

しかし、レムは違う。お腹が空けば泣き叫び、おむつが濡れれば泣いて合図を送る。とにかく何かあるごとに泣き叫ぶので、そのたびに、テコはビックリする。最初のうちは、テコも「隠れる」を繰り返していたが、毎度のこととなると、レムが泣いてもやがて素知らぬ顔となり、自分のスタンスを確立した。それどころか、レムと遊ぶ余裕すら出てきたようだ。

「こっちにおいで。

テコが遊んであげるよ。ベロベロバー。

お気に入りのネズちゃん貸してあげるから、一緒に遊ぼう。

わあ、ほんとうに来た。

ちょっと待って。ネズちゃんは食べものじゃないよ。コラ食べたらダメだよ。

パパさん。むーちゃん（レムの呼び名）がネズちゃんを食べてるから今すぐ止めて。テコのネズちゃんが泣いてるよ。取り上げて！」

初めは何が起きたのか分からなかった。怪物がやってきたのかと思った。

静かな環境のなか、突如現れたモンスター。ようやく最近は慣れてきたけど、毎日ストレスの連続。うとうといい気分でお昼寝をしようと思ったら、オギャー。ビックリして飛び跳ねた瞬間、足を何度もひねった。

あたしは猫だから、その程度で足を悪くすることはないけど、寿命が少し縮んだのは確か。なんてったってあたしは臆病者だから。

会社での仕事にも慣れてきた。順調にホームページからの問い合わせも増えていき、飛び込みで行っていた営業スタイルも、今では、問い合わせ営業にやり方を変え、会社に貢献することができ始めていた。

さらに、余裕を持つことができた僕は、ホームページだけに限らず、ファクスなどを活用し、デジタルとアナログを掛け合わせた集客なども確立し、関東、関西における年金機構の案件も落札することができた。以前までとは全然違う職種ではあったが、実績を出すことで、自信を少しずつ取り戻していった。

ただ、煮え切らない自分が、まだそこにはいた。カッコいいお父さんになりたいと誓っておきながら、次の具体的な一手を打つことができずにいたからだ。悶々とした日々のなか、変わりたい。でも何をどうしていいのか分からない自分がいた。仕方なくインターネットを開き、情報を集めるところから始めた。アフィリエイト、転売、コーチングなどたくさんの副業が紹介されていた。今までビジネス経験のない僕には、さっぱりだった。何を言っているのか全然分からない。そこで試しに、インターネットで案内されていたセミナーに行ってみることにした。

初めて足を運んだセミナーは、転売ビジネスを教えるものだった。セミナーの最後に講座の案内をされたが、サラリーマンの僕には金額的に参加のハードルが高く、そこでメモした情報を足がかりに自力で試してみることにした。

ところが、全然稼げない。

それどころか、差額を見つけることすらできない。転売を知らない人のために簡単に解説すると、お店で仕入れ、ネットで売るというような形式で、そこに価格差を見出すことができれば儲かるというもの。しかし、どれだけ探しても、利益が出るような価格差がある商品に出合えなかった。

これでは埒があかないと悟り、買い付けツアーに参加してみることにした。東京・中野の商店街に集まり、みんなで差額のある商品を見つけるというものだった。転売に慣れた先輩たちも同行するので、楽勝だろうと高を括っていたが、結果は予想とは真逆に、五時間が経過し、十時間が過ぎても、一〇〇円を超える差額の商品を見つけ出すことができないのだ。足はパンパンになり、諦めかけたとき向こうのほうから「やったー」という声がする。ようやく誰かが差額のある商品を見つけたようだ。

急いで駆け寄ってみると、なんと五〇〇円の差額の商品を見つけたと言う。神だと思った。自分は一〇〇円の差すら見つけられずにいたのに、五〇〇円の利益を出せる商品に出合ったのだ。そのときは運の違いを感じた。

ただ、帰りの電車のなかで目は覚めた。自分は一個も見つけることができなかったけど、よくよく考えてみたら、十時間探しに探しまくって、五〇〇円というのも負け組の部類だ。セミナーでは、三〇万円稼いだとか五〇万円稼いだと言っていたので、まやかしに引っかかってしまっていたようだ。しかも、十時間不慣れなことを行い立ちっぱなしだったので、五〇〇円の利益をすごいと感じてしまったようだ。
結果、僕が行った初の挑戦は、惨敗に終わった。

「今日は、パパさん疲れてるみたいだけど、どうしたの？
足が痛いの？
テコがマッサージしてあげよっか？
いつもベッドでふみふみ練習してるから上手だよ。
マッサージしたら、あとで、お菓子ちょうだいね。約束だよ」

だからといって、ここで諦めたら、カッコいいパパになれない。テコがきっかけとなり、再起することができた人生。このまま手を引くわけにはいかない。インターネットに限らず、間口を広げ、もう少し広い視野で可能性を探ることにした。そんな折、偶然、街で再会した中学時代の友人から話を聞くことができた。

彼は海外から商品を仕入れ、インターネットで販売していると言う。詳しく話を聞かせてもらうために、友人宅に向かった。部屋に通された瞬間、座る場所に頭を抱えた。座布団を置くスペースすらない。すべて在庫の山だった。さすがに、部屋を埋め尽くすほどの商品を仕入れ、在庫を抱える勇気はなかったので、諦めて帰ろうと思った矢先、「軽く始めたいなら、これやってみる?」と勧められた商品があった。それは、当時ナイキががん撲滅を願って出していたリブストロングという、シリコン状の腕輪だった。仕入れは、一ドル（当時は約一〇〇円）で、アメリカから箱買いしていると言う。彼はその商品をインターネットを使い、二個セットを送料込みで一〇〇〇円にして売っていた。

当時、ヤマト運輸がサービス展開していたクロネコメール便を使えば、全国一律八〇円で送ることができた。一セット売れれば、七二〇円の利益が出る計算だ。ただ彼も友人とは言え、利益なく卸すことはできないという。そこで交渉の末、ひとつ三〇〇円で仕入れることにした。顧客への販売価格が一〇〇〇円というのは変わらないので、僕の利益は、一セットにつき三二〇円となる。副業の練習を行うには悪くないと考えた僕は、手始めに一〇個の仕入れを申し出た。すると友人のよしみで、仕入れは売れてからでいいという。このような心遣いがあったことで、一切のリスクを感じることなく、リブストロングの販売を開始することができた。

実際に始めてみると、面白いように売れた。会社から帰宅すると、毎日、最低一〇個は注文が入っていた。梱包を行い、近所のコンビニに持っていくのが、毎日の日課となった。売れることが分かった僕は、今度は友人を介さずに、アメリカにあるメーカーから直接、箱買いすることで、仕入れ単価を大幅に下げることに成功した。

そんな僕を、テコは不思議そうに見ていた。

何をご主人は始めたのだろう？

毎日、何かを梱包しているのが気になるらしく、クンクン匂いを嗅ぎにきた。

「何、これ？

テコのおもちゃかな？　遊んでいいの？

ダメならダメって早く言わないと、ツンツンするよ。

いいの？　触っちゃうよ。

ほんとうにいいのね。触るから怒らないでよ。

怒るなら最初に言ってよ。
でも怒られると余計に気になる。何かな？」

「商品だから触ったらダメ」と言われながら、テコは何度も様子を見にきては怒られた。

しかし、何事もいいときは永遠には続かない。売れ行きは徐々に落ちてきた。二個セットで送料込み一〇〇〇円だったものが、ライバルが増えたことで、一〇個セットで送料込み三〇〇〇円となり、最後は売れなくなった。ただ、僕の場合、幸いにも陰りを見逃すことなく仕入れを調整していたため損することはなかったが、この話を紹介してくれた友人は、大量の在庫を抱える羽目になった。ただ、彼の場合、在庫を置いておいても部屋を圧迫するだけとの理由で、最後は顧客にプレゼントしたという。

　この経験から学んだのは、ビジネスには参入する時期と撤退する時期が重要で、タイミングを少し間違えるだけで同じ商品を扱っていても、損する人がいるということだ。

　ただ問題は、売れる商品がなくなってしまったことだ。今までは毎日商品を梱包して送るだけで儲かったので、考えることをしなくなっていたことに改めて気づいた。これではよくないと考えた僕は、次なる商品を探した。

　しかし、そう簡単に見つかるはずもなく、行き詰まりを感じていた。


　そんな矢先、若い頃に取り組んでいたスプレーアート（グラフィティ）の存在を思い出した。当時、店舗の壁をスプレーで内装する仕事の依頼を受けたり、イベントでのライブペイントを行ったりするなど、アーティストとして活動していた時期もあったが、ヒップホップブームが去るとともに、その活動から遠ざかっていた。ただ完全に忘れることもできなかったため、Tシャツや帽子にスプレーアートを施すなど、自分なりの世界観をグッズで表現することは続けていた。とはいえ、最初の頃こそ、アートフェスタへの出展などもしていたが、展示会が毎日あるわけではない。

そこで自分のつくった作品を多くの人に見てもらうため、ホームページをつくって作品を掲載してみた。

すると、人間は欲が出るもので、作品が売れたらもっと嬉しくて楽しいと感じ始めた。そこでホームページで販売する方法を学び、オーダーメイド商品の注文を受け付けることにした。

最初のうちは、ホームページを開設してもアクセス数はほとんどなかったが、やっていくうちに徐々にアクセス数が増え、注文が入るようになっていった。気づけばオーダーメイド商品という特性上、納品が追いつかず、職場から帰宅しては、Tシャツや帽子のデザインに追われた。

当然のことながらテコが、そんな面白いものをほっておくわけがない。何度も近寄ってきては邪魔をし、そのたびに怒られた。

「今度は、何を始めたの？
テコも交ぜて。一緒にお絵描きすればいいの？
ねーねー。
テコも上手にできるから、やらせて。
このペンキを前足につければいいの？
ねえ、教えてよ。教えてくれないなら、勝手に触るからね。
いいのね。怒らないでよ。
分かった？　はい、触ります！
ほら怒った。だから最初に言ったでしょ。触っていいかって」

ペンキを使って描いていたため、テコが邪魔するせいで絵のデザインが乱れたり、テコの毛が付着してしまうこともしばしばあった。

これでは納品に影響すると考えた僕は、テコを遠ざけることにした。するとテコは、仕事の間は静かに待つようになり、終わったら遊んでと騒ぐようになった。このメリハリも、僕の性格には合っていた。それをテコは分かっていた。邪魔をしたら怒られる、終わったら遊んでもらえる、ということを。

ただ、今思い返すと、僕がテコに怒ることはあっても、テコが僕に怒ったことは一度もなかった。

テコの顔をぐちゃぐちゃにしても、グーグー言いながら気持ちよさそうにするだけで、テコが唸ることはない。

世の中には、怒らない猫もいるのかと思っていたが、テコがレムに対し唸ったことがある。その光景を見て、テコは僕だから怒らないのだと知った。

そんな日々をテコと共に過ごしていた。このときは、金銭的には裕福ではなかったが、生活は充実していた。気づけば、レムが生まれてから約二年の歳月が経った頃、妻が二人目の子供を妊娠したという。

彼女も二人目となれば慣れたもので、レムの面倒を見ながら、家事をラクラクとこなしていた。その光景をテコは優しく見守り、家族の邪魔にならないように、部屋の隅で静かに座っていた。時期は十二月となり、二十四日の結婚記念日が目の前に近づいてきた頃、長女のリラは生まれた。

「あれ？　また小さいのがきた。

らーちゃん（リラの呼び名）っていうの？

なんで泣いてばかりなの？
テコは静かなのが好きなのに。
もう。仕方ないな。テコが遊んであげるよ。
テコのお気に入りのネズちゃんを貸してあげるから、
もう泣かないで」

また、ひとり家族が増えたことで、環境が変わった。気づけば、どんどん家族が増えていく。最初、ママさんがきたときは、あたしのパパさんをとられると思ったけど、今は違うと分かる。みんな大事な家族。ここに三匹の子猫たちも一緒にいられたら、もっと楽しかったのかもしれない。

一度失敗した人生からの復活劇

今回は、女の子と分かっていたので、僕に似ている子が生まれてくると考えた。その予想は的中し、そっくりさんが妻のお腹から出てきた。

ただ面白かったのは、僕に似ている以上に、お兄ちゃんのレムに似ていたことだ。

この瞬間、レムへの誓いを思い出し、今の自分をもっと成長させなければいけないという決意を新たにした。

「あのとき自分の人生は終わった。これからは子供たちのために生きる」

それからの僕は、仕事にもいっそう力を注ぐようになり、積極的に向き合うようになった。

そのひとつが新事業の立ち上げだ。これまでは主に番号発券機の問い合わせを増やすための集客全般の仕事を行ってきたが、会社という環境をフルに使うことで、もっと自分に何かできることはないかと考えたのだ。

そこで思いついたのが、通販で行う簡易型の発券機の開発だった。

ちょうどタブレットが出てきた時期であり、需要も高まりつつあったので、これまでのパソコンタイプではなくタブレットタイプの開発を会社に提案してみることにした。とはいえ、今までそんな経験もなかったが、新たな挑戦も兼ねて申し出た。結果、社長は快く承諾し応援してくれた。

ただ以前のスタイルとは異なり、営業パーソンを使わずにオンラインだけで導入してもらう必要があったので、機器の開発だけでなく、通販の仕組みや決済の連動の仕組みなども、すべて僕が主導して進めることになった。

新しい取り組みだったので、開発の段階でつまずくことも多く、ダメかと思う瞬間も数多くあったが、諦めずに打ち手を考え続けることで、ようやくリリースの日を迎えることができた。

そのあとは、今までと同じ集客の業務となるので、難しいことはない。新商品をスライドするだけだ。今までにないほどの注文を受け、社長賞をいただくことができた。


「パパさん、すごいね。

お仕事も順調だし、カッコいいよ。

むーちゃんもらーちゃんも、パパの喜ぶ姿は嬉しいって。

テコも嬉しい。

「元気になってよかったね」


同時期に、副業のほうも新たな展開を迎えていた。

オーダーメイドを行っていた僕は、寝る間を惜しんで制作にあたっていたが、ひとつひとつ手づくりで行っていたため、やがて時間的な限界を迎えた。これ以上はつくれない、というところまで来てしまったのだ。

何かいい打開策はないかと考えた僕は、手元に余していたスプレーアートに関する道具をバラ売りしてみることにした。というのも仕入れの段階で膨大な数を仕入れていた僕は、使えきれない量を在庫として持っていたからだ。試しにホームページに掲載して売ってみた。すぐに売れた。たまたまかと思った僕は、もう一度、入荷のお知らせを行い、再掲載することにした。すると、掲載していた商品がすべてあっという間に売れたのだ。これに気をよくした僕は、手元にある商品をすべてホームページに掲出し、様子を見ることに。すると、次々に売れていく。この光景を目にしたとき、どうして最初から道具を売らなかったのかと後悔した。そんなことを言ったところで時間は戻らない。過去より今に集中し、売ることだけにフォーカスした。

今度は売れすぎて、仕入れが追いつかない。仕入れ元が商品を安定供給することができず、販売のチャンスを失った。

これでは機会損失に繋がると考えた僕は、似たような商品を仕入れる、ないしつくることはできないかと考えた。

いろいろ調べていくうちに、これまで取り扱っていた商品がじつは横流し品で、他社の注文で余ったものを販売していたことが明らかになった。当然のことながら、大元の製造メーカーも他社の商品を販売することはできないという。そこで、仕方なく自社商品をつくってもらうことにした。このときは、売れることは実際の販売数を通じて分かっていたので、オリジナル商品をつくっても売れる自信はあった。しかも、元々デザインを行っていたので、パッケージデザインにもこだわってつくることにした。予想は的中し、ヒット商品となった。

その後も絵を描く際に必要なペンやスケッチブック、スプレーを使用する際のマスクなどを海外から仕入れ、関連グッズを増やしていった。結果、毎日たくさんの注文が入った。夜の間に梱包を行い、会社の昼時に配送をすることにした。当然、そんな光景は周りからも目立ってしまう。仲のいい同僚に聞かれるようになった。

「毎日、何を配送しているの?」

じつは、ということで、副業していることをひとりにだけこっそり明かした。興味を持った同僚は、やり方を教えてほしいと言う。副業禁止の会社ではあったが、仲のよい友人だったということもあり、教えることにした。このときは、お金をもらって教えるということはしなかったが、ただただ嬉しかったし、面白かった。自分がやってきたことに、人が興味を持ってくれることが自信となり、きちんと指導することで、同僚も稼げるようになった。

当然、給料以外の副収入が入れば、ランチもほかの社員より豪勢になる。これまでは八〇〇円で食べていたランチも、一五〇〇円になり、二〇〇〇円になり、最後は、ホテルに併設されている豪華なレストランで優雅にランチを食べるようになっていった。

このような生活が続くと、もっと大きなチャレンジをしたいという思いが芽生えてきた。

独立し、起業することだ。

しかし一度、失敗した人生。こんな自分がやっていけるのか？

正直、自信がなかった。

そこで妻に相談した。すると、妻の答えは、

「やればいいじゃん」

だった。

「いいの?」

「だって反対したら、あんた死ぬでしょ。物理的に死ななかったとしても、このまま会社に行ってたら、死んでるのと同じ。そんな姿を私は見るの嫌」

「でも稼げなかったら、どうしよう」

「今からそんなこと考えてどうするのよ。ダメだったら私の実家があるから家族四人そこで暮らせばいいよ」

「……」

「大丈夫だから、さっさと会社辞めなさいよ」

簡単に決断できる問題ではない。テコから始まり妻と二人の子供たちがいるのだ。

義母にも相談に乗ってもらうことにした。というのも義母は、埼玉で美容院を長年経営しており、地域では人気店となっていたからだ。出会った頃は、引退していたが、経営のことを何か聞けると思い、話を聞くために実家に遊びに行った。

そこで教えられたことは、心構えであったり、精神の保ち方などだった。おそらく僕の口から「不安」という言葉が多く出たからに違いない。そのことを配慮し、難しい経営論ではなく、気持ちを落ち着かせる方法を教えてくれた。にもかかわらず、臆病者だった僕は、家に帰ると、また恐怖に襲われた。カッコいいお父さんになると決めたのに非常に情けない。

🐾

「今日は、みんなでどこに行ってきたの？
お泊まりだったみたいだけど、またテコを置いてお出かけして、もう知らないよ。拗ねるよ。

初日は静かでよかったけど、何日もいないと悲しくなるでしょ。

テコのこと忘れないでよ。ほんとうにもう」


そこで会社の同僚に頼み、話を聞いてくれる社長さんを紹介してもらうことにした。

仲のいい会社の同僚二人と社長さんの四人で厚木にある居酒屋で食事をすることになった。

ここで交わされる内容は、斬新かつ聞いたことのないものであることを期待して行ったら、意外なことに、状況を聞かれるだけだった。拍子抜けした僕は、逆に質問してみることにした。

「独立するにあたって、何かやるべきことやアドバイスはないでしょうか？」

すると、その社長さんは、

「君はすでに独立するための要素を持っているから、トライする勇気を持つだけだよ。会社を辞めるためのXデーを決めてごらん」

あまりにも雑な回答に真意を疑ったが、自分には見えていない世界がその社長さんには見えていると信じ、入社十年というキリのいい日を選んで、翌日、退職届を出すことにした。

このときもテコは、相変わらずマイペースで、リラが騒ぐ姿を見て、目をパチクリさせていた。

今は、三歳になったばかりのレムと生まれたてのリラが、家のなかで騒いでいる。

水を飲みながら、後ろを振り向いては警戒し、また水を飲む。二人が静かになったと思えば、トイレに行っておしっこをしたり、ご飯を食べ始める。ちなみにテコは、ご飯にガッつくことはない。ゆっくり丁寧に食べる。一粒口のなかに入れて、食べたら、また一粒口のなかに入れる。元野良猫とは思えない上品な食べ方をした。

そんなテコもケンタッキーには目がない。僕が目を離した隙に、袋に顔をつっこみ肉につく皮を食べていた。

コラーッと怒ると、ヤバッという顔をしダッシュで逃げては行ったが、テコは満足げな顔をしていた。

それ以外にもテコの面白いところは、リラの真似をすることだ。僕が寝ているところにリラは来て、お腹の上に乗り、僕の顔を眺める。その姿を見てからは、テコも寝る前には必ず僕のお腹の上に乗り、鼻と鼻がぶつかるまで顔をそばに近づけてくる。とにかくテコは、真似することが得意のようだ。以前、テコの顔の前でオナラをしたら「顔の前でオナラをすることはいいことだ」と解釈したらしく、テコはすまして僕の顔の前でオナラをするようになった。

このようにテコはなんでも真似してしまう。

「なんか楽しいことないかな？
テコは真似するのが得意だから、
今度は何を真似したら、パパさん喜んでくれるかな？
この前のオナラは、好評じゃなかったみたいだから、何がいいかな？」

お互いがお互いを必要とする
特別な存在

退職届を出してから、社内は荒れた。

うつ病だった僕を再雇用し、余剰人員として新設部署に配置したが、その仕事を引き継ぐ人がいなかったからだ。

しかし、これ以上、延ばしたら気持ちの弱い僕は、また起業に踏み出せないと感じた。

入社して十年。途中うつ病で休職はしたが、いろいろなことを学ばせてもらった。**社会から捨てられた僕**を雇用し、独立に踏み出せるまでに成長の場を与えてくれたのだ。

うつ病が治るきっかけは、レムの誕生だった。再挑戦する勇気をもらうことができた。しかし、臆病者だった僕は、なかなか一歩が踏み出せず、ずるずると言い訳し、いろいろと先延ばしする結果となったが、リラが生まれたことで、その言い訳を払拭することができた。さらに会社で手掛けたプロジェクトであったり、社名を使わずとも集客できる自分になったことで、独立して、自分が勤める会社の商品ではなく、自分の商品で集客を行ったら、いったいどんな世界が待っているのだろうという期待を持つこともできた。

ただ、その分、自分が退職すれば、会社は損失を被る。自分で言うのもなんだが、僕がいなくなったら、営業スタイルは、以前の方式に戻ってしまう。飛び込み営業だ。僕がこの数年の間にホームページを改良し、問い合わせ営業に変えた経緯があるので、ホームページの稼働が止まれば、飛び込み営業にまた戻らざるを得ない。後任を雇って引き継げばいいという意見もあるかもしれないが、マーケティングは新しい分野の仕事であるため、簡単に採用することができない。一から教えるにしてもかなりの時間がかかる。

社長室に呼び出された。社長賞を渡したいという。これで二回目だ。異例の金額が支払われた。

「船ヶ山くん、これまでよくやってくれた。一時は大変な思いもさせてしまったが、そこでめげることなく再起し、新しい部署での仕事も確立してくれた。ほんとうにありがとう。

君がいなくなるのは我が社にとっても非常に痛手となるが、君の人生だ。自由に決めてほしい。今回の功績を讃え、ボーナスとは別に『社長賞』という形で気持ちを追加しておいた。気兼ねなく受け取ってほしい。

これからも君には、どんな形であれ、いろいろと手伝ってほしいし、みんなのことをサポートしてほしい。だから困ったことがあれば、何でも相談し声をかけてもらいたい。

いいね」

あとから聞いたら、社長賞には辞めないでほしいという意味が含まれていたようだ。しかし僕の決意は固かった。

副業で多少のお金を稼いでいたこともあり、お金に魅力を感じることはなかった。ただあのとき部長というポジションを提示されていたら、話は違っていたかもしれない。どうやら会社の上層部での話のなかで持ち上がったらしい。

規模は小さくとも誰でも社長になることができる。しかし、雇われていない限り、座ることのできない席がある。それが、部長の席だ。僕にとっては憧れのポジションだった。ただ残念なことに、会社が部長昇進の話をすることはなかった。周りのバランスを優先したということだ。

結果、僕は丸十年勤めたその会社に別れを告げ、人生の分岐点を迎えた。

その後、噂によると、ホームページからの問い合わせは徐々に減り、飛び込み営業に戻ったという。さらに、簡易版の発券機は、僕が退社してすぐにタブレットの仕様変更があり、誰も対応できぬまま大量に仕入れたプリンターと共に事業は撤退となった。

「パパさん、いよいよだね。念願の起業人生が始まるよ。
まだ怖い気持ちもあるかもしれないけど、テコはそばにいるし、
ママもむーちゃんもらーちゃんもいるから大丈夫だよ。
だってテコに新しい生活と家族をくれたのは、パパさんだよ。
こんな生活、野良でいた頃は想像もできなかったし、
保護施設でも叶えることのできなかった未来だから、
今はすごく幸せだし、ほんとうに嬉しく思うんだ。

パパさんは、三匹の子猫のことをいつも「ごめんね」と言うけど、
テコは大丈夫。
『寂しくない』と言ったら嘘になるけど、
今の家族が悲しさを忘れさせてくれている。
だから前を向いて、家族のためにカッコいいパパさんでいて。
テコはすごく嬉しいんだ。
心に傷を負い、捨てられた二人（パパとテコ）が今は笑顔になって、
新しい門出を迎える。
そんな人生の分岐点に立ち会えて、テコは幸せだよ。
頑張って。パパさんならできるよ」

ここからいよいよ起業人生の始まりとなるが、休憩も含め、失業手当をもら

いながら、案をゆっくり考えることにした。というのも、会社を辞めてしまったものの、まだ何をやるかを決めていなかったのだ。

副業での収入が多少あるので焦ることはない。すぐに生活に困ることはないし、わずかばかりの貯金もある。だからといって、何もしなければ、いつかは貯金が底をつく。猶予は九か月。これが僕のタイムリミットだ。

家にいても仕方がないので、出かけることにした。しかし、よくよく考えてみたら行く当てがない。内勤業務だったこともあり、経営者の知り合いなどいなかった。話を聞くにしても誰もいない。すぐに行き詰まった。仕方なくインターネットを使い、交流会を探した。コネがなかったので、ネットを頼ることにした。

そこにはたくさんの情報が溢れていた。セミナー、お茶会、異業種交流会など、どれを選んでいいか分からないほどたくさんあった。吟味する余裕もなかったので、手当たり次第、行ってみることにした。今までに見たことのない世界。みんなオシャレして輝いていた。みすぼらしいのは自分だけ。誰にも声をかけることができなかった。

規模を縮小し、比較的地味な会合を選ぶことにした。そこであれば、変に浮くこともないと考えたからだ。実際に行ってみると、想像していた以上に地味な人が集まっていた。というより地味すぎて廃業寸前の社長ばかりで、自殺の相談を受けた。これでは埒があかないし、起業の手がかりすら見つからない。出会った社長はアドバイスをくれるどころか、やる気を削ぐ人ばかりだ。

しかし挑戦することだけは諦めなかった。家に帰れば、テコをはじめ家族が待っている。

「帰ったよ」

レムが走ってきた。そのあとリラも追いかけてくる。

「テコ、どこ？　いないの？」

レムとリラがいなくなったのを確認し、のんびりお出迎えするテコ。顔をひと目見ると、そのまま自分の寝床に走って戻る。二人で住んでいたときとは違い、今はレムとリラにちょっかいを出される心配があるからだ。

テコは、だいぶ家族に慣れたようだ。姿を見せることも増えた。初めのうちは、僕以外に顔を見せることはなく、ずっと隠れていた。

テコが主に行動するのは、子供たちが寝静まる、深夜になってからだ。僕もベッドに入り、人差し指と中指を擦り合わせ、シャカシャカ音を鳴らすと、テコは走って駆け寄ってくる。僕とテコのいつもの日課となった。

顔を多少強引に撫でられるのが好きなテコ。顔がかゆいらしい。鼻と顎を撫で、耳をグルグルするのがテコのお気に入りの動作だった。満足すると、今度はテコが僕を舐める。ペロペロガジガジ。

初めは理解できなかった。なぜ、ペロペロだけではないのか？　必ずテコは、指を舐めた後、二回ガジガジと甘噛みをする。二人だけの合図となった。ほかにもあった。テコが行う習慣で面白いところといえば、昼間は蹴飛ばして遊んでいるネズミのおもちゃを夜になるとベッドに咥えて運んでくることだ。朝起きるとテコはいない。四匹のネズミだけが置いてある。

膀胱炎のほうも食事を調整することで、落ち着いてはいたが、気づくと、クッションにおしっこをしたり、布団におしっこをして怒られた。

これまで何回布団におしっこをされたか分からない。最初の頃は洗濯していたが、洗っても猫の嗅覚は鋭いため匂いを完全に消すことはできないという理由で、おしっこのたびに布団を買うようになった。布団を買っては、おしっこ。布団を買っては、おしっこ。いたちごっこだった。時には布団の上におねしょシーツをかけて寝たこともあったが、ガサガサして安眠できない。結局、布団におしっこしたら、また買うという生活に戻った。

「またおしっこしちゃったよ。

でも謝らないからね。遊んでくれないパパさんがいけないんだよ。

テコのおしっこは『構って』の合図だからね。だから怒らないでよ」


そんな日々を過ごしているうちに、交流会で出会った人が集客を手伝ってほしいと言い出した。今まで会社でやっていた業務の一部を代行で受けるだけのものだったので、楽勝だった。

ただ、広告に抵抗を感じる人が多く、アクセスを増やすのに苦労した。気づけば朝から晩までパソコンの前に張り付き、会社にいるときと変わらぬ生活になっていた。それどころか、自宅で仕事をしていたので、往復の通勤がない分、目覚めてすぐ仕事が始まり、寝る寸前まで業務は続いた。

何のために独立したのだろう？

根本的に何かを間違えている気がした。多少のお金は外注費として入ってはきたが、働いている時間で計算したら、相当の安月給となった。だからといって、何をどうしたらいいのか分からぬまま数か月が経った。

休みのない日々が続いたが、旅行好きだった僕たちは、よく近くの温泉に泊まりに行った。

その間、人間嫌いのテコは家でお留守番。機械が餌をあげ、機械がトイレ掃除をするから、テコにとっては不便はなかったはずだ。

しかし、家に帰ると、僕の姿が見えないことを心配したせいか、声がかれていることがあった。夜通し鳴いていたのだろう。

人間嫌いではあったが、テコにとって僕は家族。

三匹の子猫たちと引き裂かれた母猫にとって、唯一無二の家族。

お互いがお互いを必要とする特別な存在となった。

「テコに何も言わずに、どこに行ってたの？
寂しかったでしょ。もう帰ってこないのかと思ったんだから。
たくさん、『パパさんパパさん。どこにいるの？』って呼んだんだからね。
ねえ、ほんとうに分かってる？　聞いてるの？
今度、寂しい思いをさせたら許さないからね。
『ごめんね』しないと、テコはよその子になるよ。いいのね」

物販のほうは収益は大きくなかったものの、安定していた。集客代行のほうも時間単価は安いが生活するには困らなかった。ただ、今の僕の背中を見て、子供たちがカッコいいパパと思ってくれるかははなはだ疑問だった。

なぜなら、いつも家にいて、四六時中パソコンの前に座っているだけ。仕事をしているのか遊んでいるのか分からない。

根本的に何かを変える必要があった。

そう、考え方そのものを根本的に。

そんなある日、インターネットでの告知を見た。広告に関するセミナーだった。

お金を使うことに恐怖を感じていた僕だが、広告には興味を持っていた。

会社に勤務していたときもホームページと広告で集客を伸ばし、問い合わせの数を増やした経緯があるので、物販のほうでも同じように広告で売り上げを伸ばすことはできないかと考えたのだ。

早速、セミナーに申し込み足を運ぶことに。そこには大勢の参加者が集い、真面目に講義を受けていた。

二時間の講義のあと、具体的にビジネスを設計したければ、二〇万円の合宿に参加するといいと言われた。

これまで一切自分に投資してこなかったので、ものすごく大きな覚悟と、言葉には言い表せない勇気を必要としたが、これ以上、自分のなかに打開策を見出すことができなかった僕は、この合宿に懸けてみることにした。

大人になってから、合宿に出かけることはなかったし、ましてやビジネスの勉強を行うために、箱根まで来ているなんて……。箱根といったら家族と休息に行くところであって、勉強するところではないと考えていた僕には、なんとも言えない刺激となった。とにかく一泊二日という時間はあっという間で興奮冷めやらぬ体験となった。

そこでは引き続きサポートを受けたければ、コンサルがお勧めということだったので、一二〇万円の大金を払い参加することを決めた。

参加してすぐに分かったことは、サラリーマンと起業家は考え方がまったく異なるということと、今自分が行っていることは、起業家ではなくフリーランスという働き方だということだ。フリーランスを簡単に説明すると、スキルや技術を元に時間と労力を対価にする人たちのことを言う。今のやり方では、スキルとは関係なく、物理的にクライアントを増やしていくこともできないし、増やせば増やすほど家族との時間は少なくなるというジレンマ。それはすでに実感していた。

今の時点でもそれほど多くないクライアントのために膨大な時間を割き、わずかな報酬を得るために、身を粉にして働いていた。もちろん、誰かの役に立っているので、悪いことではないし、収入がすべてではないということも理解している。

しかし、家族との時間を削ってまで、クライアントに自分の時間を捧げるのは、何かが違うと感じていた。その脱却法をコンサルで学んだ。

手始めに取りかかったことは、「商品を生み出す」ことだった。というのも、自分の時間や労力をお金に換えている限り、物理的に上限を超えることができなかったからだ。そこでこれまでの経験をベースに「自分が持つ知識と情報と経験」の商品化を進め、コンサルの先生と一緒に販売することになった。集客はコンサルの先生が行い、僕はセミナーを開催し、商品を案内する。そんな役割分担だった。

多少、商品も売れ、形ができたので、念願の広告のステージに入ることになった。

会社員時代とは違い、いざ自分の身銭を切るとなると、相当の覚悟を求められ、大きな恐怖が襲いかかってくる。

最初は三万円のファクスDMから始めたが、怖くて何日も寝られなかった。数日後、コンサルの先生から連絡を受けた。三〇〇〇枚送ったうち、十七件の申し込みがあったという。

このときは、DVDをプレゼントするという内容だったが、反応があったところに一件一件電話をかけてセミナーの案内を行った。すると、そこから十二名の方がセミナーに参加し、三名の方が商品を買ってくれた。

五〇万円の売り上げとなった。経費を差し引いて、コンサルの先生と利益を分け合った。このときは大きな金額ではなかったが、おおよその流れを知ることができた。

やっていける気がする。

🐾

「さすがパパさんだね。

この調子で行けば今までと同じように大きくしていけるよ。

テコも応援してるし、みんなもいるから大丈夫だよ。

後悔しないように頑張って」

🐾

早速、会社を設立する準備に取りかかった。

会社名は、ＲＥＭＳＬＩＬＡ。子供たちの名前（ＲＥＭとＬＩＬＡ）を合わせて社名にした。

そう、今から約十年前、僕の会社は、世の中に対し、小さな一歩を踏み出した。

その光景をテコは見ていた。

うつ病だった僕に再起するきっかけを与え、妻と引き合わせることで、子供たちとの出会いを叶えてくれた。

そして、一度諦めた起業家という夢に再挑戦させ、今度は自分のためではなく、子供たちのために生きる、と決意させてくれた。

テコは、僕にとって、招き猫という存在ではない。

神様そのものなのかもしれない。

家族とのいざこざ、仕事上の過度なストレスがあったことで、僕は大きく傷ついた。

その出来事を憐れんだ神様が、テコの姿になって現れたように感じた。

だから会社を立ち上げたときは、テコのためにも成功しなければいけなかったし、うつ病の僕を信じてついてきてくれた家族のことも守りたいと思った。

そんな経緯があっての会社設立だったので、起業する際に決めたことが三つある。

・最期、テコが死を迎える瞬間、ずっと一緒にいる。会社勤めを行っていたら看病できないと感じたからだ。
・僕と出会えて幸せだったとテコに思ってもらう。僕もテコと出会ったことでうつ病を完治させ、ひとりではなくなったからだ。
・テコのワガママをすべて聞く。一歳半で子猫たちと離ればなれとなり、母猫として一生分の悲しみを味わったからだ。

部屋を閉めてしまった後悔、死ぬ間際に流したテコの涙

テコは三年前に亡くなった。出会って十四年もの間、僕を支えてくれた。生を受けて、十五年と一か月。テコはこの世を去った。

それは突然の出来事だった。テコは体調を悪化させる前、身をもって僕を守ってくれた。

僕は現在いくつかの事業を行っているが、そのなかでも当時、絶対に失敗できない先生との案件があった。

ただ、この案件は、今までにないほど立ち上がりが悪く、集客の時点で大コケした。

全然、セミナーに申し込みが入らないのだ。その数、ゼロ。

頭が真っ白になった。先生に恥をかかせるわけにはいかない。いろいろと知恵を絞り、寝る間を惜しんで、できることはすべて行った。

結果、集客数は挽回し、無事に商品も売れ、利益も五〇〇〇万円を超えた。

これで一安心と思ったが、すべてが終わった翌日、テコが体調を崩したのだ。ゲーゲー吐き、どんどん衰弱していく。初めは食中毒かと思い、様子を見ることにした。

しかし、数日経っても様子が変わらないので、最寄りの病院を探して、連れて行くことに。診察結果は病気ではなかった。高齢による衰弱だという。テコの年齢は人間に換算すると七十歳を超えていた。

にもかかわらず、僕に迷惑をかけまいと、プロジェクトが終わるまでは、元気にしてくれていた。

これまでたくさんのプロジェクトを行ってきたが、これほど最初の立ち上がりが悪く、精神的にも負担を感じるプロジェクトはなかった。それをテコは敏感に感じとり、負のエネルギーを吸いとってくれたのだと思う。

「社長室にある木は枯れやすい」と言われるが、この期間中に購入したばかりの観葉植物が枯れていく様子を見て、テコにも影響がなければいいのだがと心配していた矢先の出来事だった。

僕の弱さが招いたのだろう。テコが最期に懸けてくれた尊い命（犠牲）だったのかもしれない。

ただ、起業当初に立てた三つの約束は果たすことができた。

死を迎えるまでの最期の三週間は、どこにも出かけることなく、看病することができた。

衰弱しきっていたので、どこかに連れ出すことなどはできなかったし、仮に元気であっても家にいることが大好きなテコが、家の外を望むことはない。それよりは僕と過ごした大好きな家のなかにいて、テコと僕の二人が確かにそこにいるということを実感できれば、それでよかった。部屋を見渡せば、必ず目に入る距離にいて、お互いを感じることができれば幸せだったし、繋がっていると思えた。

この光景を見て、起業していてほんとうによかったと感じた。衰弱していくテコを見るのは辛かったが、一緒にいられたことは僕にとって、ものすごく有意義で大切な時間となったし、この十四年の歳月を振り返ることができた。

このときばかりは、抱っこもさせてくれた。これまで抱っこ嫌いのテコは、抱っこと分かると逃げ回った。いつも最後はカーテンの後ろに逃げ込み、僕の抱っこを観念する。

しかし、このときばかりは違った。逃げる元気がなく、そのまま抱っこされた。

僕は、テコを抱っこできることが嬉しかったが、同時にテコの衰弱も感じていた。これまで難なく飛び乗っていたガラスのテーブルもジャンプ力が衰えることで足が届かず落ちてしまったし、用意したご飯を食べなくなったのだ。病院の先生に相談すると、ペースト状にしたご飯を注射器に入れ、テコを抱えながら与えるよう指示された。とはいえ、まさか死ぬとは思ってもいなかった。三週間前までは元気にしていたし、飛び回っていたからだ。

しかし、僕が気づかないうちに、死へのカウントダウンは始まっていて、残された時間はわずかなものになろうとしていた。

その日は、少し近所で仕事があったので、テコを置いて出かけることにした。

帰宅すると、テコがいない。

どこを探してもいないのだ。密閉されたマンションなので、外に出ることはできないはずだ。それなのに、どこを探しても見当たらない。ひとまずトイレに行き、どこにいるかを考えることにした。すると、テコは、そこにいた。トイレの床に横たわっていたのだ。扉が閉まっていたので、どのように開けて入ったのかは分からない。

今でもテコが残した謎である。

「パパさん。もうすぐ、お別れだよ。

テコの最期を見られたくないから、トイレに隠れたよ。

ほかに隠れるところがないかも考えたんだけど、

体がそこまで動かなかったし、

トイレならいつもパパさんのあとをついて入っていたから

寂しくないと思って。

だから最後の力を振り絞って、扉を開けて、なかに入ったよ。

びっくりした？

パパさんは、まさかテコがこのあといなくなると

思ってなかったみたいだから、

全然、気づかなかったみたいだけど、

あれはテコが最後に贈るメッセージだったよ。

分かりづらかったね。ごめんね」

　この日は、猛暑ということもあり、部屋のエアコンも効かないほど暑かったので、テコのお気に入りだった玄関にある冷たいタイルまで抱っこして運ぶことにした。

このときは、まったく気づかなかった。

猫は死ぬ間際、姿を消すということを。

だからといって、情報として知らなかったわけではない。もちろん、知っている。けれど、まさかトイレに入った行動が「最期、姿を消す」というものにリンクしなかったのだ。

ただ、その予兆はあとから考えれば、ほかにもあった。死ぬ前日、テコが目に涙を溜めていたことだ。

初めは、とうとう目も病気になったのかと思ったが、タオルで拭きとると病気ではないことが分かった。

別れが近づいているのを感じとり泣いていたのだ。大粒の涙を目にたっぷり浮かべ、僕の顔をずっと眺めていた。

「これからは一緒にいてあげられなくてゴメンね。
この先もずっとパパさんと一緒にいたいけど、
お別れしなきゃなんないんだって。
神様がもうそこまで迎えにきてるみたい。
最期は泣かないつもりだったけど、
なんでだろう、涙が溢れてくる。止まらないよ。
パパさんもテコがいなくなったら寂しい？
それともお布団を洗わなくて済むようになるから嬉しい？
タオルなんかいらないから、テコの涙の意味に気づいてよ。
数時間後には、ほんとうにバイバイなんだからね」

そんなことも露知らず、いつも通りにご飯をあげた。

その後、少し動悸が始まったが、ご飯を急いであげてしまったせいかと思い、負担をかけまいと距離を置くことにした。定期的に玄関に様子を見にいくもテコの動悸はおさまる様子がない。深夜一時を越えて、夜もふけてきたので寝ることにした。

最近、また布団でおしっこすることも増えてきたので、部屋の扉を閉めることにした。

僕が犯した「最後の後悔」となった。

夜の間におしっこされては困ると考えた僕は、部屋の扉を閉めて、朝になったら、指を鳴らして呼ぼうと考えていた。体調が悪くなってから二人で決めた合図のペロペロガジガジをしてくれなくなっていたので、寂しく思っていたが、指を鳴らせば、ゆっくりであってもベッドに来ると分かっていたからだ。

しかし、何度指を鳴らしてもテコが戻ることはなかった。

「ねえ、パパさん。最期に聞いて。
扉があるから、こんな小さな声は届かないかもしれないけど、
テコはパパさんと一緒に過ごせた十四年はすごく幸せだったよ。
初めは、ブルブル震えてたけど、長い時間を過ごすことで、
心の傷を癒すこともできたし、楽しい思い出もたくさん増えた。
今では、ママもむーちゃんもらーちゃんも一緒だし、
何よりもパパさんが元気を取り戻せたのが嬉しい。
テコはお仕事の邪魔をしないように、いつも我慢してたけど、
ほんとうはもっと構って遊んでほしかったんだ。
でも、パパさんに嫌われたくなかったから、いつも待ってたよ。

お仕事中もお出かけしているときも、
パパさんと過ごした日々を思い出しながら、
声がかかるのをずっと待ってたんだ。
テコは、お外に行くことができないから、
パパさんを待つことしかできないんだ。
テコには、パパさんしかいないから。
だから、お仕事中でもお膝の上に乗れる寒い時期は好きだったし、
暑い時期はパソコン仕事を眺めながら
冷たいガラスのテーブルで寝るのが好きだった。
いつも一緒。楽しかった。お風呂は嫌いだったけどね。
でも、もう一度願いが叶うならパパさんと一緒にお風呂がしたい。
いつもみたいに覗くだけじゃなく一緒に入りたい。
だって、パパさんが置いた洋服の上で待つより、一緒の方がいいでしょ。

でないと、パパさんは一緒に棺桶に入るなんてこと言い出すから。
そんなこと言わないで。
むーちゃんとらーちゃんのために、もっとカッコいいパパでいてね。
これからは一緒の世界で過ごすことはできないけど、
この先もずっと守っているからね。
テコは、パパさんと出会うことで少しは役に立てたかな？
いつもワガママ言わせてくれてありがとう。
大好きだよ。パパさん」

テコの動悸が気になった僕は、トイレに行くついでにテコの様子を窺った。
動悸はおさまっている。
よかった。これで一安心。

ゆっくり寝ることができると思った。

でも、様子がおかしい。テコが目を開けたまま、動かない。

「テコ。どうしたの？　大丈夫、ねえ、テコ、返事して。ねえテコってば！」

テコの体は冷たくなり硬直していた。ふわふわの毛で覆われていたので、すぐに気づくことができなかった。

顔を触ると冷たくなり始めていた。

テコが死んだ。

いつもそばにいてストーカーのように、ずっと僕のことを見続け、見守ってくれていたテコが死んでしまった。

どれだけテコと呼ぼうと、もう手遅れ。最期、一番安心できる呼びかけの言葉は名前だと教えてもらっていたのに、死ぬ寸前に名前を呼んであげることができなかった。今さら、テコと呼んでも手遅れなのに……。

「テコ、テコ、テコ、行かないで。テコ、テコ、これからも一緒でしょ。お願いだから置いていかないで」

テコは、僕を置いて、この世を去った。この十四年、テコがいてくれたことで、僕の人生は輝いた。

家族が海外に引っ越しても、テコの膀胱炎が気がかりとなり、僕はテコと一緒に日本に残った。

その後、海外と日本を往復する生活となったが、それでもテコは僕の帰りをいつも待ってくれていた。

しかし今は、テコはいない。

どれだけ僕が活躍しようが、喜びを伝えることはできないのだ。

少し前までは、数時間も経てばテコの毛が床に散らばっていた部屋が……今は、何週間経とうが、何年過ぎ去ろうとも、新しい毛が舞うことはない。テコの毛が生え変わる季節は、カツラができるほどたくさんの毛が抜けたのに。

うつ病になった僕と、
子猫を奪われた母猫。
僕とテコにしか分からない、
捨てられた二人が出会った奇跡。

テコがいなくなった今、僕がこの世に生きる価値などあるのか?
いまだ、その答えは見つかっていない。

テコ、この先、僕はどうすればいい？

3匹の母猫 船ヶ山テコ

2006年6月4日(誕生)

2021年7月26日(永眠)

テコと過ごした時間…14年1ヶ月と22日

著者からのご案内

テコちゃんが亡くなった日に、著者が音声を通じて残したメッセージです。お手持ちのスマートフォンやタブレットでQRコードを読み取っていただくと、お聞きいただけます。

船ヶ山 哲（ふながやま てつ）

サラリーマンとして働くなかで強いストレスを感じ、うつ病を発症、休職を余儀なくされる。愛猫との出会いをきっかけに人生を挽回させ独立を決意。その後は、起業家として億単位を毎年稼ぐ傍ら、テレビとラジオのパーソナリティーとしても活躍。これまで書籍を15冊上梓し（海外版含む）いずれもランキング1位を獲得。2022年11月には俳優としてもデビューを叶え、映画「森の中のレストラン」で主演を務める。さらに、ドラマや音楽にも活動の幅を広げる。プライベートでは、家族と共にカナダに移り住み、日本と海外を往復する生活を送っている。

捨てられた僕と母猫と奇跡

心に傷を負った二人が新たに見つけた居場所

2024年6月4日　第1刷発行
2024年10月11日　第7刷発行

著　者　船ヶ山 哲
発行者　鈴木勝彦
発行所　株式会社プレジデント社
〒102-8641 東京都千代田区平河町2-16-1　平河町森タワー13階
https://www.president.co.jp/　https://presidentstore.jp/
電話：編集（03）3237-3732　販売（03）3237-3731

販　売　桂木栄一　高橋 徹　川井田美景　森田 巌　末吉秀樹　庄司俊昭
大井重儀
編　集　桂木栄一　菊田麻矢
編集協力　高橋朋宏
装　丁　轡田昭彦＋坪井朋子
制　作　関 結香
印刷・製本　中央精版印刷株式会社

ISBN978-4-8334-2539-1
Printed in Japan